GRANDE COMPLAINTE

TIRÉE DES JOURNAUX ET DES AUDIENCES DE LA COUR D'ASSISES
DE LA MEUSE,

SUR L'HORRIBLE ET ÉPOUVANTABLE ASSASSINAT

Commis le 27 octobre de l'an 1828,

DANS LA FORÊT DITE LE HAZOIS,

avec préméditation et de guet-apens,

Sur la personne de M. ÉTIENNE PSEAUME,

En son vivant Avocat et Homme de lettres, demeurant à Commercy,
département de la Meuse.

PAR ARRÊT de la Cour royale de Nancy, du 12 Mai 1829, il a été prononcé
qu'il y avait lieu d'accuser de ce grand crime PIERRE-CHARLES SIMON,
âgé de 35 ans, marchand de bois et de vin à Moscou, commune de Sorcy,
canton de Void; et ÉTIENNE-ADOLPHE CABOUAT, propriétaire à
Pierrefitte, chef-lieu de canton, tous les deux gendres de la victime.
Ces deux scélérats ont paru le 8 Juillet 1829, devant la Cour d'assises
du département de la Meuse, séant à Saint-Mihiel, laquelle, après
quatre jours d'audiences, les a condamnés à la peine de mort.

1829.

GRANDE COMPLAINTE
Sur la mort de M. l'abbé Pseaume, assassiné par deux de ses gendres.

Air de la complainte du M^{al}. de Saxe.

Chantons la fin déplorable
D'un beau-père infortuné,
Par ses gendres assassiné ;
L'histoire en est pitoyable.
Tout bon et sensible cœur
En sera glacé d'horreur.

On appelait l'abbé Pseaume
Ce beau-père malheureux.
L'un de ses gendres affreux,
Pierr'-Charles Simon se nomme,
L'autre gendre scélérat
Est Adolphe Cabouat.

De c'crime en voulant instruire,
Dit l'procureur général,
J'ai découvert bien plus d'mal
Sur tout ça, que j'n'en veux dire.
J'tairai scandale et méfaits
Qui n'servent pas au procès.

Pseaume avait, dans sa jeunesse,
Porté le petit collet ;
Puis des journaux il a fait,
Écrivant avec prestesse ;
Enfin il fut avocat,
Et parlait avec éclat.

L'abbé Pseaume, en mariage,
Prit deux femmes tour-à-tour.
La première eût son amour,
Elle était modeste et sage ;
L'autre manquant de vertu,
Ce pauvre époux fut..... trompé.

Sortant d'honnête famille,
Cette femme sans vertu,
A nom Jeanne Le Moussu.
De Pseaume elle eut une fille ;
C'est la charmante Élisa,
Que plus tard on connaîtra.

Brûlant d'un' flamme adultère,
Jeanne son mari quitta ;
A Pierrefitte elle va
Vivre avec Cabouat père,
Père du gendre inhumain
Poursuivi comme assassin.

Ah ! quel sujet de scandale,
Son beau-frèr', qu'est son cousin,
Lui fit un fils de..... pantin.
Pseaume c'te pilule avale ;
Mais, pour vrai dire, en jurant
De déshériter l'enfant.

De maux quelle affreuse suite !
Jeanne ses parens tua.
Sa maman et son papa,
Tombés par son inconduite
Dans un désespoir affreux,
Se noyèrent tous les deux.

Dans cett' famill' singulière,
En vérité je vous l'dis,
Les femmes à leurs maris
En tout temps ne tiennent guéré :
D'Jeanne la mèr' divorça
Quand l'bon temps permettait ça.

Le Moussu, père sensible,
C'tendre père divorcé,
A sa fill' dit : » j'suis forcé
» De t'prédire un' fin pénible :
» Mèr' d'un enfant si fatal,
» Coquin', tu finiras mal.

Pseaume, en sa correspondance,
Disait : » ma Jeanne, jamais
» N'ma fait que de vilains traits ;
» Pour mettre à nu c'que j'en pense,
» C'est la femme, à mon avis,
» La plus digne de mépris.

» Quelle mère de famille !
» Cett' coquin' de Le Moussu
» Indignement a vendu
» Elisa, sa propre fille ;
» J'l'abandonne, et de mon bien
» Elle n'aura jamais rien. »

Jeann', rien moins que scrupuleuse,
Vit toujours assurément
Dans l'même débordement.
Le Narrateur de la Meuse
Nous raconte ingénument
Qu'ell' fait un posthume enfant.

Dans la provinc' de Lorraine,
Pseaume, fort bien établi,
Résidait à Commercy ;
Là, tout lui faisant d'la peine,
Il alla voir à Nancy
S'il aurait moins de souci.

En effet, quelle disgrace !
A Commercy, par trois fois,
On a mis le feu grégeois
Au milieu de sa paillasse :
Toujours craignant le cercueil,
Il ne dormait que d'un œil.

Pour garantir son armoire,
Sa commode et son buffet,
Chez un voisin s'il les met,
Voyez la malice noire,
Vers minuit chez le voisin
Le feu grégeois prend soudain.

Il était plus savant qu'un livre :
C'est avec raison qu'on dit
Qu'un homme de tant d'esprit
N'peut pas éternell'ment vivre.
Le proverb' qui l'dit, hélas !
Est prouvé par sou trépas.

Pseaume était d'une illustre famille, et aimait à s'en
glorifier.

Il disait souvent: » je m'vante
» Que de mes grands-oncles l'un,
» Digne évêque de Verdun,
» Fut. . . . père au concile de Trente.
» C'est un fait sûr et certain,
» J'en ai la preuve à la main. »

Nous allons maintenant chanter à l'honorable société
qui nous fait l'honneur de nous entendre, la nais-
sance, la vie malheureuse et la fin funeste et pré-
maturée de la belle Cornélie, enfant du premier
mariage de l'abbé Pseaume, et femme de Pierre-
Charles Simon, qui vient d'être condamné à la peine
de mort, comme l'un des assassins de son beau-père.

Pseaume eut un' fille accomplie,
Enfant de son premier lit;
Mais elle perdit l'esprit,
Cette belle Cornélie,
Quand hélas ! pour son malheur,
L'amour entra dans son cœur.

Sans dout', Simon, pour lui plaire,
Queuq' mauvais sort lui jetta;
Elle s'en amouracha
Si fort, que monsieur son père
Voyant qu'elle dépérit,
A leur hymen consentit.

Selon l'code, un' femme doit suivre
Au bout du monde son mari.
Elle quitte Commercy;
Désormais elle va vivre,
Ou plutôt languir chez lui,
A Moscou...... près de Sorcy.

Simon y faisait l'commerce
De bois, et vendait du vin.
Il en avait, c'est certain,
Toujours d'assez bon en perce,
Sans l'déclarer aux commis,
S'moquant des droits réunis.

Pseaume, le chagrin dans l'ame,
Dans ses lettres, fort souvent,
Appell' Simon *impudent*,
Monstre, bourreau de sa femme,
Ajoutant, c'est un *fripon*,
Pour ach'ver d'peindre Simon.

A la tendre Cornélie,
Combien de maux il a fait !
Ce cœur ingrat, sans sujet,

La battit toute sa vie;
Il la battait même encor
Un quart d'heure avant sa mort.

Voici maintenant le testament que fit la belle Cornélie
à l'article de la mort. Elle laisse à son père la moitié
de son bien en usufruit; elle lui recommande ses trois
petits enfans, et le conjure d'en prendre la tutelle.
Elle ne dit pas un mot de son mari dans cette
pièce curieuse et intéressante, ce qui est bien honnête
de sa part, puisqu'elle n'avait rien à dire de bon
d'un époux qui avait toujours été cruel et barbare a
son égard.

Avant d'mourir, Cornélie
Fit ainsi son testament:
» *Papa*, j'vous aim' tendrement;
» Je vous donn' pour tout' vot' vie
» Moitié d'l'usufruit d'mon bien,
» Ça vaut toujours mieux que rien.

» Adieu donc, mon tendre père,
» Je n'vous reproch' point ma mort;
» Quoiqu'ça vous avez eu tort;
» Avec un peu *d'caractère*,
» Si vous m'aviez résisté,
» J'vous aurais p'être écouté.

» Pour Dieu! prenez la tutelle
» De mes trois p'tits orphelins,
» Ils seront bien dans vos mains;
» Votre bonté paternelle
» Toujours les protégera,
» Mieux que...... je ne vous dis qu'ça. »

Par un sentiment d'conv'nance,
Elle se tait sur Simon.
Ah! quelle accusation,
Quel énergique silence !
Le plus méchant des maris
Méritait bien ce mépris.

Ce legs fut chose fatale
A Pseaume, sans contredit.
Simon, crevant de dépit,
Est d'une fureur sans égale;
Dès lors cet homme mauvais
A couvé de noirs projets.

Messieurs et dames, nous allons maintenant avoir l'honneur de vous chanter la partie de cette complainte
relative au mariage malheureux de la charmante
Élisa, fille de Jeanne Le Moussu, deuxième femme
de l'abbé Pseaume. Vous allez voir cette même
femme infidèle, mère d'un enfant provenu d'adultère,
et qui a été cause d'un double suicide, en forçant
les auteurs de ses jours à se noyer de désespoir;
vous allez la voir traîner de force sa fille à l'autel,
où un ministre du Seigneur, touché des larmes de
la charmante future, pleure lui-même, en implorant
les bénédictions du ciel sur l'union de ladite charmante
Élisa avec l'infâme Adolphe Cabouat, déjà désigné
comme devenu depuis le cruel assassin de son res-
pectable beau-père.

Élisa, pleine de grace,
Est jolie et faite au tour.
Ses yeux commandent l'amour,
Mais bon chien chasse de race;
Plus d'un galant, c'est connu,
Fit d's accrocs à sa vertu.

Voyant ça, monsieur son père
Dit: qui voudra l'épouser?
Adolphe ose s'proposer.
Mon gendre je n'en puis faire;
D'après c'que son père m'a fait,
Combien de moi l'on rirait!

Vous allez voir qu'Adolphe Cabouat, qui n'avait alors que vingt ans, était deja si fort maitrisé par l'intérêt, qu'il lui sacrifie le bien le plus cher à l'homme.... l'honneur! Ce n'est pas que l'intérêt, quand il est bien entendu, ne soit le soutien et le conservateur des familles; mais il ne faut point qu'il aille jusqu'à la lésine, qui rend ridicule, jusqu'à l'avarice, qui dégrade, et encore moins jusqu'au crime, qui conduit à l'echafaud.

Adolphe qu'l'amour entraîne,
Non vers la belle Élisa,
Mais vers la dot qu'elle aura,
Dit: » la conduit' qu'elle mène
» Ne donne que du dégoût,
» Mais l'argent répare tout. »

Vous avez vu dans un couplet précédent l'abbé Pseaume fort eloigné de ce mariage: mais, ce que femme veut Dieu le veut. Jeanne Le Moussu sacrifie les deux tiers de son bien pour avoir le plaisir de contrecarrer son mari. Combien cette femme criminelle diffère de vous, Mesdames, qui pratiquez toutes si bien et sans effort les principaux devoirs des femmes envers leurs époux, c'est-à-dire la docilité, l'humilité, l'obéissance, la soumission et le respect, prescrits par la morale tant civile que religieuse.

La dame Jeanne, sans doute,
A laquelle il semble doux
D'contrecarter son époux,
Dit: » ça s'fra, quoi qu'il m'en coûte.
» J'donn' les deux tiers de mon bien. »
Pseaume dit: » je n'dis plus rien. »

Élisa fit bien connaître
Que c't hymen mal tournera.
A l'église on la traîna;
Elle pleurait tant, que le prêtre
La voyant pleurer comm' ça,
Lui-même attendri pleura.

Le couplet suivant va prouver que les mauvais exemples donnés par les parens ont de fâcheuses conséquences.

Élisa presque légère,
N'pouvant sentir Cabouat,
Qu'à regret elle épousa,

Fit comme ses mère et grand-mère;
Aussi de chez son mari
Plus d'une fois elle a fui.

Cabouat avec son père
A Pierrefitte habitait.
Un bon état il avait,
Celui de propriétaire;
Mais d'hériter, le dessein
Eu fit un tigre inhumain.

C'monstre fascinait la vue.
Un' fill' hounête, en l'voyant,
Lui disait naivement,
Du ton d'au' fille perdue,
Ah! bonjour donc, mon p'tit roi,
Viens-tu coucher avec moi?

Qui croirait qu'un pareil traître
Etait beau, bien fait et grand,
Et n'avait pas l'air méchant.
Ne devrait-on pas r'connaître
A des sign's sûrs et certains
L'cœur des perfides humains.

Ne dirait-on pas que la nature est sujette à l'erreur quand elle enveloppe, dans un beau corps, l'ame perverse d'un cruel meurtrier? Mais que cela ne nous empêche pas d'adorer la divine providence, dont les desseins sont impénétrables.

Vous allez voir maintenant Adolphe Cabouat, en pesant par interim du tabac dans la boutique de son père, offrir à un individu 200 francs pour assassiner M. Pseaume. Secondé par sa famille, il indique à cet individu le temps et le lieu où ce crime prémédité et de guet-apens doit être commis

Secondé par sa famille,
A quelqu'un l'fils Cabouat
Dit, *en pesant du tabac,*
Il faut que *Pseaume on étrille.*
Veux-tu te charger du coup?
Tu ne risques pas beaucoup.

D'sa vign' *il va fair' la l'vée,*
Il n'suit pas son voiturier,
Il passe par un sentier,
Là faut lui f..... une roulée,
Faisant signe qu'il faut l'tuer,
Gn'ya deux cents francs à gagner.

Au lieu, comme un bon père, de casser les bras à ce fils criminel, l'auteur de ses jours le seconde dans ses affreux projets.

Monsieur Cabouat le père
Ajoute: » on ne risque rien,
» *Le beau-père n'y voit pas bien.* »
Madame Cabouat la mère,
D'la cuisin' dit: » *imprudent,*
» *Taisez-vous, on vous entend.* »

Il est bien permis, je pense,
D'faire cett' réflexion,
Pour une horrible action
Tous trois sont de connivence;
Pourquoi donc ne les a—t—on
Pas mis tous trois en prison?

Cabouat et Simon s'étant connus, forment ensemble le complot d'assassiner leur beau-père. Cabouat se trouve porté à ce noir forfait par l'envie qu'il a d'hériter avant la mort naturelle de la victime, et Simon par la haine affreuse qu'il a conçue depuis le fatal testament qui le prive de la jouissance de la moitié du bien de la belle Cornélie, sa défunte et malheureuse épouse.

Un méchant en d'vine un autre.
Simon dit à Cabouat:
Faisons un assassinat;
Que Pseaume, ce bon apôtre,
Ce voleur de testament,
Par nous soit mis au néant!

Par ce testament, le traître
A moitié d'mon vendangeoir;
Quand nous y s'rons, viens me voir,
Sans avoir l'air de m'connaître.
Que de prudence il nous faut
Pour faire un pareil complot!

Prends un' blouse pour toilette;
De Marchal donn' toi le nom,
Coiffe-toi d'un chapeau rond,
Parais queuq' fois en casquette,
Et même en bonnet d'coton:
Ça trompera l'espion.

A Boucq monsieur Pseaume arrive,
C'est le lieu du vendangeoir;
Et comme matin et soir
De queuq' chose il faut qu'on vive,
Pseaume mangeait chez Merdier:
Quel nom pour un cuisinier!!!

On voit Pseaume et Simon faire
Ensembl' leur vin chez Merdier.
Simon, quand on veut l'tirer,
Dit : » la tête d'mon beau—père
» Serait, le fait est certain,
» Meilleure à tirer que l'vin.

Simon, la veille du crime, agonit de sottises et de propos outrageans son digne beau-père, que le lendemain il se propose de victimer.

Ce dign' beau—père il désole
Par mille outrageans propos;
Il l'apostrophe en ces mots:
Grand paillard, polisson, drôle,
Puis-je te voir, à mon gré,
Cent pieds sous terre enfondré.

» Crasseux, malotru, canaille,
» Vil gouja, gredin, ch'napan,
» Escroqueur de testament,
» Va, tu n'es qu'un rien qui vaille;
» Tu m'as mené, c'est abus
» Que je ne souffrirai plus. »

A quoi l'meilleur des beaux-pères
Lui répond : » tais toi, coquin;
» Si je n'étais trop humain,
» J'taurais fait mettre aux galères.
» J'ai la preuv' que tu n'es bon
» Que pour ramer à Toulon. »

Démarche de Cabouat avant le crime, et pressentiment que Pseaume eut de sa mort.

Cabouat, suant le crime,
Chez Merdier entre deux fois,
L'questionnant d'un air sournois;
L'scélérat guett' sa victime,
Comme un chien guett' l'gibier.
Pseaume l'apprend de Merdier.

» Chez nous un homm' est v'nu prendre
» Sur vous plus d'un renseign'ment.
» C't homme a bonn' mine vraiment.
» Diable, ne s'rait-ce pas mon gendre?
(Répond Pseaume consterné)
» Ah! j'vais être assassiné.

Autre pressentiment que Pseaume avait eu de sa mort, et qui lui avait fait prédire qu'il serait assassiné par ses gendres.

Pseaume, un jour rentrant en ville,
Beau séjour de Commercy,
A son fermier dit ceci:
Vous m'verrez, papa Liouville,
Plutôt en terre qu'en pré,
Tant je suis mal en—gendré.

Pseaume n'était pas un prophête,
Comm' tous ceux de son endroit;
Car, à tout homme qu'on voit
Prédire des choses faites,
On dit : malin, te voici
Un prophête d'Commercy!!!

Monsieur Pseaume ayant fini ses vendanges, part pour se rendre à pied de Boucq à Commercy. Il a l'imprudence de quitter François Fert, son voiturier, qui lui conduisait un tonneau de vin. Il traverse seul la forêt du Hazois. C'est au fond de cette forêt que finit sa vie malheureuse, par un horrible assassinat, commis sur sa personne par ses deux gendres dénaturés.

Mais cependant l'abbé Pseaume
D'Commercy reprend l'chemin,
Suivi d'un tonneau de vin;
Comme un parfait honnête homme,
De ce vin, suivant les lois,
Il avait payé les droits.

On sait combien il redoute
Ses deux gendres scélérats.
Pourquoi donc ne suit–il pas
Tout bonnement la grand' route?
Pourquoi, dans un noir sentier,
Quitte–t-il son voiturier?

O trop fatale imprudence!
Seul il traverse le bois
Que l'on nomme le Hazois.
C'est là que, pleins d'arrogance,
Simon avec Cabouat
Commettent l'assassinat.

Après ce crime effroyable,
Ce couple déterminé
L'pauvre cadavre a traîné .
Dans un lieu presqu'introuvable.
Ont-ils donc pu sans remords
D'un beau-pèr' traîner le corps?

Brillant soleil, dans ta route,
Par le brouillard qu'il faisait,
Tu n'as pu voir ce forfait;
Si tu l'avais vu, sans doute,
De ces monstres la fureur
T''eût fait reculer d'horreur.

Ce fut le vingt-sept octobre
De l'an mil huit cent vingt–huit,
Aussitôt que le jour luit,
Que ce couple plein d'opprobre,
D'une criminelle main
Répandit le sang humain.

Mais la divine justice
Ayant l'œil toujours ouvert,
Mit le crime à découvert :
Cabouat et son complice,
Par le remords poursuivis,
Eux-mêmes se sont trahis.

Dieu mit un témoin du crime
Au lieu même du forfait.
Un bon vieillard entendait :
Pardon (disait la victime);
Mais Cabouat et Simon
Répondaient: point de pardon.

Sur Pseaum' ces gendres avides,
Armés d'bâtons de bois neuf,
Touchaient comme sur un bœuf.
L'pauvre humain, à ces perfides,
Avant de finir ses jours,
Fit entendre ce discours.

» C'est moi qui donnai la vie
» A vos femmes, pour certain;
» Et par vous, couple inhumain,
» La lumière m'est ravie ;
» Je vous cite dans un an
» Tous deux au grand jugement. »

Sur le tragique théâtre
De c't horrible assassinat,
Le ciel voulut qu'on r'trouvât
A deux bâtons gros comm' quatre,
Un *ch'veu noir* parmi deux cents
Qu'on *reconnut gris ou blancs.*

Trois jours après, ce qui montre
De Simon le cœur méchant,
C'est qu'il s'en fut en chassant
Du cadavr' prendr' la montre,
Pour fair' penser qu'un voleur
De ce grand crime est l'auteur.

Jugez, vous dont l'ame est pure,
C'que Simon dut éprouver
Quand cett' montre il fut enlever!
Ça révolte la nature.
La victime sent si mauvais,
Qu'il tomb' du haut-mal auprès.

Dans les soixante-huit couplets qui précèdent, vous venez d'entendre, Messieurs et Dames , les faits principaux rapportés dans l'acte d'accusation : je dis les faits principaux seulement, car il serait impossible de vous chanter toutes les particularités citées par le ministère public dans un acte de cette importance, dont la lecture a duré trois grandes mortelles heures. Quand cette lecture fut terminée, Simon, l'un des accusés, se leve et annonce qu'il va faire une révélation....., une révélation terrible! C'est ce que je vais maintenant avoir l'honneur de vous chanter. Figurez-vous que ce scélérat a parlé d'un air composé, que ses paroles étaient étudiées et ses gestes affectés. Il cherchait, en rejetant tout l'odieux du crime sur son complice et beau-frère, à se faire appliquer une peine moins CONSÉQUENTE que la peine de mort.

Quand on eut fini de lire
L'acte d'accusation,
D'un air composé, Simon
S'agite et se met à dire :
» Bourrelé par le remords,
» J'vais avouer tous mes torts.

» Oui, Pseaume est notre victime,
» Mais mon beau–frèr' Cabouat
» Seul commit l'assassinat;
» D'assez près j'ai vu le crime;
» A présent je n'sais, hélas!
» Pourquoi je n'l'empêchai pas.

» Cabouat , sur not' beau–père,
» Frappe avec un gros gourdin,
» Tant et si fort qu'à la fin
» La victime tombe à terre.
» L'assassin crie: il n'est plus;
» Moi j'réponds, nous somm's perdus.

» L'meurtrier m'dit jur' de taire,
» Cher ami, ce noir forfait:
» Ce vilain serment, j'l'ai fait.

» On d'mand' comment j'ai pu l'faire.
» Hélas, j'en aurais fait deux,
» Tant mon trouble était affreux.

   » Alors quittant la victime,
» Prenant nos jamb's à not' cou,
» Nous courons jusqu'à Moscou;
» Là, je dis : le lieu du crime
» Est déjà bien éloigné,
» Qu'on serve le déjeûné!

   » J'naim' pas les chos's dégoûtantes:
» Je dis donc à Cabouat,
» Te v'la dans un bel état!
» Vois comm' tes mains sont sanglantes,
» Lav' toi donc, ou sur ma foi
» Tu n'déjeûn'ras pas chez moi.

   » Il se lave, on s'met à table,
» Ensemble nous déjeûnons;
» Pour nous r'faire, nous mangeons,
» Mais le r'pas n'fut point aimable.
» De la justice ayant peur,
» J'avais un poids sur le cœur.

   » Trois jours après, je rencontre
» Cabouat, qui m'dit: vraiment,
» Mon cher, il est imprudent
» Au défunt d'laisser un' montre.
» J'dis, c'est vrai, puis, *en chassant,*
» D'la montre j'fis l'enlèv'ment.

   » Ah! quelle horrible figure
» Le pauvre défunt faisait;
» Quand je le vis si défait,
» Quoiqu'j'aie une ame un peu dure,
» Près du pauvre victimé,
» J'fus long-temps inanimé. »

Grande surprise que témoigne tout l'auditoire en entendant cette étrange révélation.

Remarque judicieuse de M. l'avocat général, qui, s'expliquant avec calme, déclare que les horribles aveux faits par Simon rendent les armes inégales à l'avantage du ministère public. ce qui avertit les avocats des accusés de se tenir fermes sur la défensive.

- On sent que tout l'auditoire,
Témoins, jurés, magistrats,
Peu surpris ne furent pas
D'entendre un' pareille histoire.
Jamais rien sous le soleil
Ne s'était dit de pareil.

   » Voilà des paroles fatales,
Dit l'avocat général;
» Queuq's uns s'en trouveront mal,
» *Les armes n'sont plus égales!*
» Avocats, un tel aveu
» Ne vous donne pas beau jeu. »

Interrogatoire que M. le président et M. l'avocat général font subir à Cabouat, relativement aux aveux faits par son complice. Réponses insignifiantes de l'accusé.

   L'président prend la parole,
Disant: » Cabouat, dit's nous,
» De tout ça que dites-vous? »
—— » J'dis qu'c'est faux, et qu'il est drôle
» Qu'Simon s'plaise à me charger
» Pour soulager l'étranger.

   » Autant qu'Simon je mérite
» Ici qu'on m'ajoute foi.
» En octobr' j'étais chez moi,
» Bien tranquille à Pierrefitte;
» C'n'est donc pas moi qui fis l'mal,
» C'est l'étranger, c'est Marchal. »

   C'est une autre pair' de manches,
Dit l'président; mais dans c'cas,
Pourquoi là n'vous vit-on pas
A la messe les dimanches?
C'est qu'je m'pass', dit l'accusé,
Plutôt d'messe que d'diné.

   » Si vous n'êtes pas coupable,
Lui dit l'accusation,
» Pourquoi l'accusé Simon,
» Qui vous habille à la diable,
» Vous peint-il comme un vaurien? »
Cabouat dit: » j'n'en sais rien. »

D'après la maniere dont Simon venait de charger son complice, dans les aveux que vous venez d'entendre, on fut bien étonné de les voir, pendant les audiences, boire dans le même verre, parce que sans doute ils n'en avaient qu'un; bien certainement, s'ils en avaient eu deux, il n'auraient pas manqué de trinquer ensemble. Ce qui est plus étonnant encore, ce qui même pourrait scandaliser les personnes les moins scrupuleuses, c'est que ces deux scélérats humectaient leur coupable intérieur avec de très-bon sirop de groseille, sans songer que notre divin sauveur, pendant sa mort et passion, tant au jardin des Olives que sur l'arbre de la croix, ne fut abreuvé que de fiel et de vinaigre.

   Les criminels, à l'audience,
Pour ne pas s'altérer trop,
Buvaient de très-bon sirop:
Hélas! nul des deux ne pense
Que, près d'mourir, l'éternel
N'but qu'du vinaigre et du fiel.

Pour présider les assises de juillet 1829, où ce grand, mémorable et terrible procès doit être appelé, le choix de la Cour royale de Nancy, confirmé par S. E. monseigneur le garde des sceaux, ministre de la justice, tombe sur M. de Sansonetti, magistrat très-célebre et grand criminaliste, qui tient toujours d'une main ferme et sûre la balance et le glaive de la justice.

   La Cour royale d'avance,
Pour juger ce grand procès,
Voulant des hommes parfaits

En esprit comme en prudence,
Monsieur de Sansonetti
Pour président est choisi.

Les criminels choisissent leurs défenseurs. Cabouat se détermine pour M. La Flize, jeune et charmant avocat, qui, PAUCIS ANTE DIEBUS, quelques jours auparavant, avait plaidé à Nancy pour la charmante et fringante Élisa. Simon, au contraire, fait choix d'un avocat dont la voix, on le prétend, prouverait que le noir est blanc.

Au talent de M. Fabvier, ce grand défenseur, qui est incontestablement un des premiers avocats de la Lorraine, et peut-être de la France entière, la Cour royale oppose le grand génie criminaliste de M. de Thiriet, son premier avocat général, surnommé le VAINQUEUR DU CRIME, parce qu'il le foudroie toujours par le tonnerre de son éloquence.

Simon comptait sans son hôte ;
Cet avocat général,
Toujours au crime fatal,
Thiriet plaid'ra sans faute
Pour la victim', et f'ra voir
Que c'qu'on veut fair' blanc est noir.

On va procéder à l'audition de cent quatre-vingt-sept témoins, tant à charge qu'à décharge.

Monsieur l'avocat général prenant la parole, les invite à dire la vérité.

Que chaqu' témoin soit fidèle
Au serment par lui prêté
De dire la vérité.
Si quelqu'ame criminelle
Devant la justice ment,
Qu'elle trembl' du sort qui l'attend !

Déposition de François Roitel, vigneron et voiturier à Boucq.

Là porte d'l'audience s'ouvre
Au témoin François Roitel.
Il dit : « Simon, ce cruel,
» M'a dit un jour qu'un bon b...... ,
» Qui d'son beau-père l'def'rait,
» Trois cents francs y gagnerait. »

Déposition du sieur Jean Christophe Alexandre, garde de vente de Simon.

De Simon l'commis honnête
Sur Marchal s'est expliqué,
Disant : « Messieurs, j'ai r'marqué
» Deux *symptômes* dans sa tête,
» Et Cabouat et Marchal
» N'font qu'un seul original. »

Expliquez-nous chaque symptôme,
Dit le grave président.
L'honnête témoin reprend,
Dans la tête de cet homme
J'ai vu primo son blanc teint,
Secundo son poil châtain.

Propos singulier d'un autre témoin.

Brussaux, pour rire sans doute,
Promit d'fair' l'assassinat.
Pour deux quart'rons de tabac.
Madam' Pseaume (à c'qu'il ajoute),
Si aimable, dit : « mon cher,
» Non, ça n'est pas assez cher. »

Déposition de M. François Fristol, tanneur, qui a prouvé ce que vous allez voir.

» Quand Fert un jour vint me dire,
» J'crains que Pseaume n'soit f....
» J'dis : Cabouat, qu'en dis—tu ?
» A Boucq faut z'aller s'instruire ;
» Oui, qu'il me fit, dès demain,
» Mais je n'connais pas l'chemin.

» Le lend'main il part sans guide,
» Et s'trouve à Boucq avant moi.
» Nom d'un cuir, que j'fis, ma foi,
» En voilà *z'une solide*. »
Il fut prouvé..... qu'à ravir
L'tanneur Fristol fait z'un cuir.

C'est ainsi qu'à l'audience
Cent quatre-vingt-sept témoins
Sont entendus pour le moins.
Il est de toute évidence
Que Simon et Cabouat
Ont commis l'assassinat.

Extrait du grand et superbe discours prononcé par M. l'avocat général Thiriet, et qui a duré cinq heures d'horloge, montre à la main.

» Depuis neuf mois, d'un grand crime
» Vot' contrée à tressailli,
» La France en a retenti ;
» Pseaume, innocente victime,
» Un' juste vengeance attend,
» De l'venger voici l'moment !

» La justice au front sévère
» Ne va point à pas *d'géant* ;
» On croit *qu'elle dort souvent*,
» Mais morbleu ! laissez-la faire,
» *Son triomph', qui vient lent'ment,*
» *N'en est que plus éclatant.*

» Pour qu'ça s'fasse bien et vîte,
» Thémis lèv' tous ses soldats,
» Grands et petits magistrats,
» Et vot' compagni' d'élite,
» Dignes jurés, not' soutien,
» Car sans vous nous *n'ferions rien.*

» D'une très—haute importance
» Est votre décision ;
» Pour qui ne dites pas non,
» Ça vous f'rait tort. Tout' la France
» L'apprendrait par mille échos
» Que l'on nomme les *journaux*.

» Craignez l'effet d'l'éloquence ;
» A la lettre n'prenez pas
» C'que vont dir' les avocats.
» Fabvier d'vos yeux va , je pense,
» Tirer tant *d'eau*, que morbleu !
» Vous n'y verrez que du *feu.*

*Monsieur l'avocat général parle de la maison Cabouat,
qu'il considère comme le quartier général du crime.*

» Ah ! quel infame repaire,
» Quel antre affreux , infernal ;
» Dans c'lieu se médita l'mal,
» Du crime je l'considère
» Comm' le quartier général :
» C'est pis qu'la maison *Bancal.* »

Pendant cinq heures d'horloge,
L'digne avocat général
Prouv' que l'crime est capital :
» Pseaum', nous n'quitt'rons pas la toge
» (Dit—il), que tu n'sois vengé
» Des gendr's qui t'ont massacré.

Alors de d'sous sa tunique
Il tire un bâton sanglant,
Où pendait maint cheveu blanc ;
Et, d'une voix pathétique,
Il s'écrie, en l'brandissant :
» Du crim' voici l'instrument. »

Dieu ! qui pourra jamais croire
D'ces mots l'déchirant effet ;
Ce grand orateur a fait
Frémir tout son auditoire
Jusqu'en la moële des os,
En ne disant que trois mots.

*Voici les couplets sur le plaidoyer très-conséquent de
l'avocat du cruel Simon.*

Jurés, à cette audience
Je n'ai paru qu'en tremblant,
Mais votre air n'est pas méchant,
Ça me r'donné d'l'assurance ;
Je viens de m'apercevoir
Que j'm'habitue à vous voir.

Dans cette célèbre affaire,
Messieurs, je plaid' pour Simon ;
Il fut vingt ans bon garçon :
C'est une chose si claire,
Qu'vingt-cinq personnes d'honneur
L'ont témoigné de bon cœur.

Un sous—préfet et deux maires
Sont dans les témoins ouïs ;
Plus, trois ch'valiers d'Saint-Louis,
Un avocat, trois notaires,
Un docteur, un colonel
Et l'percepteur Marinel.

Que le juri considère
Qu'ces témoins dis'nt que Simon
Est un homme paisible, bon
Et d'un liant caractère,
Et qu'ils sont tous bien surpris
De le voir si compromis.

Pour mon client, chose heureuse,
A Sorcy-les—Saint—Martin
Il eut cinq ans pour voisin
L'plus grand député d'la Meuse ;
C'grand témoin, c'est positif,
Le déclare *inoffensif.*

Simon fit, et non sans gloire,
L'noble métier des héros ;
Il a suivi ses drapeaux
Jusques aux bords de la Loire :
Jusqu'à la Loire, ah ! voilà
D'l'honneur le *nec plus ultrà.*

A cette noble conduite,
La suite a-t-ell' répondu ?
Non, messieurs, il est déchu ;
On le voit sur cett' limite
Où l'innocence a cessé
Sans que l'crime ait commencé.

C'malheureux Simon, qui nage
Entre l'crime et la vertu,
Complic' ne s'ra point r'connu ;
J'ai lu dans un' vieille page
Qu'est p't'êtr' du temps d'Dagobert :
Qu'importe, si ça nous sert.

J'ai lu, dis—je, qu'un bon frère
N'étant pas seul héritier,
Vit un cruel meurtrier
D'son frère aîné le défaire.
Que fit l'cadet?.... d'son manteau
Il se couvrit le museau.

A c'frère cadet la justice
N'fit point un mauvais parti,
Et Simon serait puni ?
Non !..... du moins comme complice,
Car je n'dis pas qu'mon client
Soit tout-à—fait innocent.

Simon, vingt ans dign' d'estime,
N'était point un scélérat,
Quand le fatal Cabouat
Le conduit au ch'min du crime ;
Oui, c't être mystérieux
L'a séduit, ça saute aux yeux.

Cabouat, par sa tournure,
A tout le monde étonné :
Il a l'air efféminé ;
Il est d'un' si bell' figure,
Qu'une fill' de Boucq le prit
Pour son compagnon de lit.

Du crime il montre la voie
A Simon : sans contredit,
Simon a beaucoup d'esprit ;
Cabouat, qui n'est qu'une oie,
N'a qu'vingt-deux ans, Messieux,
L'autre est de treize ans plus vieux.

Sans aucune expérience
Est c't imberbe Cabouat ;
Donc, après l'assassinat,
Simon, sous sa dépendance,
Fit d'force l'affreux serment
De taire c'crime effrayant.

Ce monstre, affreux à la vue,
Plus dangereux qu'un aspic,
Cabouat, du basilic
A l'œil qui fascine et tue.
Si j'lai peint des plus jolis,
A présent je m'en dédis.

Simon trempa-t-il dans l'crime ?
Il vient d'en faire l'aveu ;
Aussi je n'ai pas beau jeu :
C'est égal..... de la victime
Il était à plus d'dix pas,
Ergo complice il n'est pas.

Comme assassin d'monsieur Pseaume,
Tu n's'ras donc point regardé.
Vis, Simon, mais dégradé ;
Car enfin, malheureux homme,
Te v'la tout-à-fait r'ejeté
D'la bonne société.

De Pseaume et de Cornélie,
Fantômes apparaissez,
Pour Simon intercédez ;
Dites-un mot, et j'parie
Que pour vous faire plaisir,
On n'le fera pas mourir.

Et vous, famill' désolée,
Vous qu'on veut faire orphelins,
De vos soupirs enfantins,
Attendrissez c't assemblée ;
Si c'moyen n'est pas nouveau,
L'effet en est toujours beau.

Tout ça s'dit en prose fleurie ;
Mais de l'accusation
Certaine prédiction,
Hélas ! n's'est point accomplie :
En vérité, nul-juré
A c'plaidoyer n'a pleuré.

Nous allons maintenant vous chanter les couplets sur
le plaidoyer un peu conséquent de l'avocat du
barbare Cabouat.

Ensuit' l'avocat La Flize
Pour l'autre accusé parlant,
Fait voir qu'il est éloquent ;

Mais corbleu ! ce qui l'défrise,
C'est qu'son client Cabouat
Rim' trop bien à scélérat.

Ah ! dit-il, comment m'y prendre ;
J'reste seul, tout m'a trahi.
J'avais compté sur l'appui
De c'Fabvier qu'vous v'nez d'entendre,
Et c't admirable avocat
Me laiss' tomber tout à plat.

J'dois pourtant défendr' mon homme :
J'mets en fait que mon client
A l'air d'un grand innocent.
Il ne haissait point Pseaume ;
Sans cett' drôless' d'Élisa.....
..... Une voix lui dit : holà !

Sur cette Élisa, silence,
Lui dit l'accusation,
Quelle contradiction,
D'vous que voulez-vous qu'on pense,
Vous ne parlez pas ici
Comme à la Cour de Nancy.

Quand vous plaidiez pour cett' femme,
Vous avez (sur mon honneur),
Très-fort barbouillé monsieur,
Pour débarbouiller madame ;
J'veux qu'on vous nomm' d'après ça,
L'avocat *vice-versà*.

D'une voix plus modérée,
La Fliz' plaide un alibi ;
Malgré qu'il ait contre lui
Cent témoins, vent et marée,
Son esprit est à quia,
Malgré tout cela il en a.

On peut dire qu'il sut faire
Contre fortune bon cœur ;
Il lit le long moniteur,
Cit' Schonen et Martinguerre.
— En honneur, il est divin !
En usez-vous, cher voisin ?

Pour parler avec franchise
D'l'un et d'l'autre plaidoyer,
J'dis qu' La Flize valait Fabvier,
Et qu' Favier valait La Flize,
Pour prouver qu'les avocats
S'mett'nt par fois dans d'vilains draps.

Résumé des débats fait par M le président, et qui a
duré plus d'une heure.

Le président, avec adresse,
Résume tous les débats ;
Puis adresse aux scélérats
Un discours plein de tendresse,
Afin de les avertir
De s'livrer au repentir.

Messieurs les jurés entrent dans la chambre de leurs
conférences, et y restent une heure et demie : ce qui
fait que les accusés ont passé six mauvais quarts
d'heure.

Pendant une heure et demie,
Messieurs les douze jurés,
Dans leur chambre sont restés ;
Alors tremblant pour votr' vie,
O Cabouat et Simon,
Disiez-vous : point de pardon.

Déclaration de M. Vivaux, chef du jury.

Enfin, revient à la barre,
L'jury, qui s'est concerté.
Le chef dit, en vérité,
Sur mon honneur, je déclare
Que le crime est constaté
Et qu'il fut prémédité.

En vertu des articles 296 et 302, 59 et 60 du code
criminel, M. le président prononce la peine de mort.

D'la terribl' loi criminelle,
L'président, fort à propos,
Cite quatre numéros,
Et dit d'une voix solennelle :
Ces malheureux scélérats
Doivent subir le trépas.

Le pourvoi en cassation.

Dans notre malheur extrême,
Cher Cabouat, dit Simon,
Allons en cassation ;
Peut-être qu'la Cour suprême
Eloignera le danger,
En nous faisant rejuger.

Rejet du pourvoi.

La Cour suprême, à la r'quête
Dit *néant*. Sans nullité
Le jugement est porté.
Sansonetti, cette bonne tête,
A mis dans c'grand jugement
Tout's les herbes d'la saint Jean.

Les condamnés implorent la clémence royale.

Ils conservent l'espérance,
Des malheureux le soutien.
De notre roi très-chrétien
Ils implorent la clémence.
Voici leur supplique au roi,
Elle est de très-bonne foi.

Sire, d'une ame attendrie,
Daignez écouter nos vœux ;
A not' beau-pèr' malheureux

Nous pûmes ôter la vie ;
Mais nous ne pouvons souffrir
Que l'on nous fasse mourir.

Pour arranger nos affaires,
Mettez-nous, dans vot' bonté,
Aux fers à perpétuité.
On peut s'sauver des galères ;
Mais se sauver on n'peut pas
Quand on a la tête à bas.

S. M. Charles X. roi de France et de Navarre, refuse
de commuer la peine.

J'ai le droit de faire grace,
Répond le meilleur des rois :
C'est le plus beau de mes droits,
Mais que justice se fasse.
Un tel crim' ne s'pardonn' pas :
Qu'on les conduise au trépas.

DERNIÈRES PAROLES DE SIMON
SUR L'ÉCHAFAUD.

Air de la romance de Joseph.

Vous, pour qui notre fin terrible
Est un spectacle intéressant,
Et qui, doués d'un cœur sensible,
Venez voir couler notre sang,
Chrétiens, dit's-nous une prière
Pendant que nous allons mourir,
Afin que du ciel la colère
S'appaise par not' repentir.

Devant Dieu si près de paraître,
Déchiré par d'affreux remords,
Humblement j'dois faire connaître
D'mon cœur coupable tous les torts.
Sous les drapeaux si j'fus brave homme,
J'suis bien changé, puisque j'ai pu
Assommer mon beau-père Pseaume ;
Comm' dit Fabvier, j'suis bien déçu.

J'ai menti devant la justice,
Quand j'ai dit que de Cabouat
Je n'avais point été complice
Dans cet horrible assassinat.
A cet abominable crime
L'enfer tous les deux nous poussa :
S'il frappa l'premier la victime,
C'est sous mes coups qu'elle expira.

(A ses enfans.)

De mon épouvantable histoire
Un jour instruits, mes chers enfans,
Vous d'vez maudire ma mémoire ;
Vous f'rez bien, pauvres innocens.

Bourreau de votre tendre mère,
Que j'ai battue à faire peur,
Assassin de votre grand-père,
Je n'vous lègue que l'déshonneur.

(Aux Juges.)
Vous, magistrats dignes d'estime,
Grand président d'Sansonetti,
Toi, Thiriet, vainqueur du crime,
Et vous tous, membres du jury,
Par vous condamnés au supplice,
Nous ne pouvons vous en vouloir,
Vous ne nous rendez que justice;

(A l'exécuteur.)
Et toi, bourreau, fais ton devoir.

MORALE.

Air de la complainte du M^{al}. de Saxe.

Vous, qui méditez du crime,
Par ce récit apprenez
Que si vous assassinez,
Le ciel vengeant vos victimes,
Vous f'ra tomber sous l'couteau
Aiguisé par le bourreau.

O vous, pères de famille,
Qui procréez des enfans,
Faites-en d'honnêtes gens,
Ou vos garçons et vos filles,
D'après c'que vous v'nez de voir,
Vous mettront au désespoir.

Et vous, aimable jeunesse,
Du chrétien suivant l'devoir,
Priez Dieu matin et soir,
Allez l'dimanche à la messe;
On finit sans la r'ligion,
Comm' Cabouat et Simon.

Dieu, permets, par les mérites
De not' Seigneur Jésus-Christ,
Qu'ceux qui liront cet écrit,
Du crime craignant les suites,
Vivent toujours vertueux,
Afin d'mériter les cieux.....

Que je vous souhaite au nom du Père et
du Fils et du Saint-Esprit. Ainsi soit-il.

F I N.

NANCY, Imprimerie de Barbier, rue Saint-Jean, n°. 13.

CABOUAT.

SIMON.